O JARDINEIRO
QUE TINHA FÉ

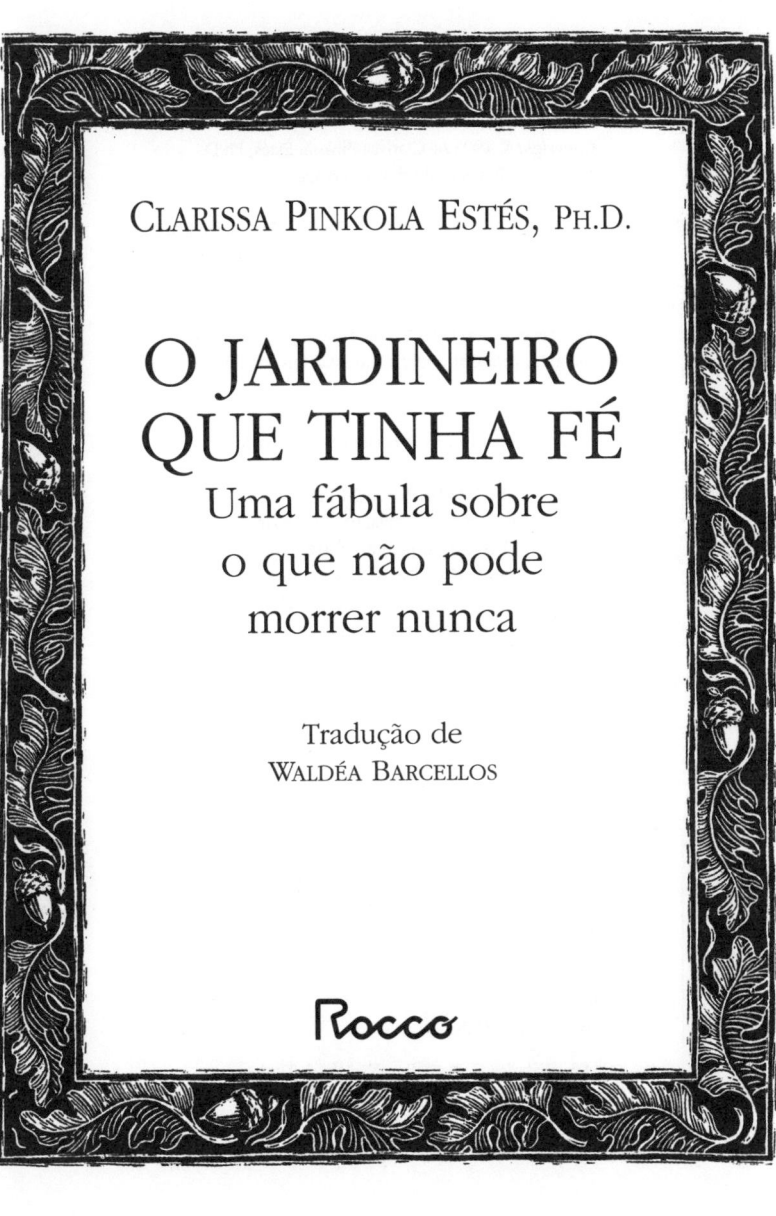

CLARISSA PINKOLA ESTÉS, Ph.D.

O JARDINEIRO QUE TINHA FÉ
Uma fábula sobre o que não pode morrer nunca

Tradução de
WALDÉA BARCELLOS

Rocco

Título original
THE FAITHFUL GARDENER
A wise tale about that which can never die

Copyright © 1995 *by* Clarissa Pinkola Estés, Ph.D.
Todos os direitos reservados

Nota do editor: Em *O JARDINEIRO QUE TINHA FÉ: Uma fábula sobre o que não pode morrer nunca*, as histórias "O que não pode morrer nunca" e "A criação das histórias", assim como várias anedotas, poemas e traduções originais de poemas, preces e frases de outra língua são obras literárias originais escritas pela dra. Estés e publicadas aqui pela primeira vez. Estão protegidas pelo *Copyright* e não estão em domínio público.

Direitos para a língua portuguesa reservados
com exclusividade à
EDITORA ROCCO LTDA.
Rua Evaristo da Veiga, 65, 11º andar
Passeio Corporate – Torre 1
20031-040 – Rio de Janeiro, RJ
Tel.: (21) 3525-2000 – Fax: (21) 3525-2001
rocco@rocco.com.br
www.rocco.com.br

Printed in Brazil/Impresso no Brasil

CIP-Brasil. Catalogação na publicação.
Sindicato Nacional dos Editores de Livros, RJ.

E83J	Estés, Clarissa Pinkola
	O jardineiro que tinha fé: uma fábula sobre o que não pode morrer nunca / Clarissa Pinkola Estés; tradução de Waldéa Barcellos. – Rio de Janeiro: Rocco, 1996.
	Tradução de: The faithful gardener: A wise tale about that which can never die ISBN 85-325-0692-5
	1. Fé – Fábulas. 2. Barcellos, Waldéa. I. Título.
96-1285	CDD–813 CDU–820(73)-3

A semente nova
tem fé.
Ela se enraíza mais fundo
nos lugares
que estão
mais vazios.

C. P. ESTÉS

*A drága clodoknek. Sokan nincsenek
már kozottunk, de szibunknrn
még mindig élnek.*

y

*Por los deportados y emigrantes
de mi familia que han cruzado
el río, otra vez y otra vez,
en dos direcciones, con sus
sombreros y sus corazones
en sus manos.*

y

*Aos quatorze fiéis
de Storm King Mountain,
que deram suas vidas
por amor às pessoas e à floresta.*

Todos eles viverão para sempre.

Sumário

A Bênção, 11
O Jardineiro que Tinha Fé, 13
Epílogo, 77
Uma Oração, 85
Notas, 87
Fontes, 91
Agradecimentos, 93

A Bênção

Nós temos uma
antiga bênção
de família:
"Quem ainda estiver acordado ao final
de uma noite de histórias sem dúvida irá
se tornar a pessoa mais sábia do mundo."
Assim seja
para vocês.
Assim seja
para todos nós.

C. P. ESTÉS

Este pequeno livro contém diversas histórias. Como bonecas *Matriochka*, elas se encaixam umas dentro das outras.

Entre a minha gente, tanto do lado magiar quanto do mexicano, temos uma longa tradição de contar histórias enquanto nos dedicamos aos afazeres diários. Perguntas sobre como viver a vida, especialmente as que se referem a questões do coração e da alma, são na maior parte do tempo respondidas com uma história ou uma série delas. Nós consideramos as histórias um parente nosso vivo, e por isso nos parece perfeitamente razoável que, como um amigo chama outro para entrar na conversa, também uma determinada história chame uma segunda história específica, que por sua vez evoque uma terceira, com frequência uma quarta e uma quinta, eventualmente mais outras, até que a resposta a uma única pergunta se estenda por diversas histórias.[1]

Portanto, de acordo com nossos costumes rústicos, vocês vão poder entender por que motivo, antes de lhes contar essa história singular sobre *O que não pode morrer nunca*, preciso primeiro contar a história do meu tio, um velho camponês que sobreviveu aos horrores da Segunda Guerra Mundial na Hungria. Ele carregou a essência dessa história através de florestas em chamas, de lembranças de acontecimentos que não se podem mencionar, de dias e noites passados em campos de trabalhos forçados. Ele trouxe a semente dessa história pelos oceanos nas trevas da viagem de terceira classe para a América. Abrigou essa história enquanto seguia em trens negros pelos campos dourados ao longo da fronteira norte que separa os Estados Unidos do Canadá. Em meio a tudo isso e muito mais, guardou o espírito da história num refúgio junto do coração, conseguindo de algum modo mantê-lo em segurança, afastado das guerras que crepitavam no seu íntimo.

Só que, antes mesmo de contar a história do titio, preciso lhes contar a história que ele me relatou sobre "Esse Homem", o velho lavrador que ele conheceu na terra natal, que tentou defender um arvoredo jovem e precioso da destruição pela pilhagem de um exército estrangeiro.

Entretanto, para lhes contar a história de "Esse Homem", preciso antes contar uma história sobre como as histórias foram criadas para começo de conversa. Pois, sem a criação das histórias, não haveria absolutamente nenhuma história a se contar – nenhuma história sobre as histórias, sobre meu tio, nenhuma história sobre "Esse Homem" e sobre *O que não pode morrer nunca* – e as páginas restantes deste livro permaneceriam em branco como a lua no outono.

Na minha família, os velhos seguiam uma tradição denominada "fazer-história", sendo essa uma hora – muitas vezes durante uma refeição rica em aromas de cebolas frescas, pão quentinho e salsicha de arroz condimentada – em que os mais velhos estimulavam os mais novos a criar contos, poemas e outras obras. Os velhos riam uns com os outros enquanto comiam. E para nós eles diziam que iam nos testar para ver se estávamos aprendendo alguma coisa digna de se aprender. "Vamos, vamos, queremos uma história novinha em folha. Vamos vê-los exercitar seus músculos de contar histórias."

Esta história sobre as histórias foi uma das primeiras que criei quando menina.[2]

A Criação das Histórias

Como as histórias nasceram?[3] Ah, as histórias vieram ao mundo porque Deus se sentia só.

Deus se sentia só? Claro que sim, sabe? Porque o vazio no início dos tempos era muito escuro. O vazio era escuro porque estava tão abarrotado de histórias que nem uma única história conseguia se salientar das outras.

As histórias estavam, portanto, sem forma, e o olhar de Deus passeava pelas profundezas, à procura, em busca de uma história. E a solidão de Deus era imensa.

Finalmente, surgiu uma grande ideia, e Deus murmurou: "Que se faça a luz."

E veio tanta luz que Deus pôde estender a mão para o vazio e separar as histórias sombrias das de luz. Daí resultou o nascimento de claras histórias matinais bem como de belas histórias noturnas. E Deus viu que isso era bom.

Deus, então, ficou animado e passou a separar as histórias celestiais das histórias terrenas, e estas das histórias sobre a água. Depois, Deus teve enorme prazer em criar as árvores pequenas e grandes, as plantas e as sementes de colorido vivo, para que pudesse haver histórias sobre as árvores, as sementes e as plantas também.

Deus riu de contentamento, e do riso de Deus as estrelas e o céu caíram nos seus lugares. Deus instalou no céu a luz dourada, o sol, para dominar o dia; e a lua, a luz de prata, para dominar a noite. E no fundo, Deus os criou para que houvesse histórias sobre as estrelas e a lua, sobre o sol e histórias sobre todos os mistérios da noite.

Deus ficou tão satisfeito com elas que passou a criar pássaros, monstros marinhos e todas as criaturas vivas que se movem, todos os peixes e as plantas debaixo d'água, todos os seres alados, todo o gado e as criaturas rastejantes, todos os animais da terra, de acordo com sua espécie. E de todos eles vinham histórias sobre os mensageiros alados de Deus, histórias sobre fantasmas e monstros, baleias e peixes, e outras histórias sobre a vida antes que a vida se conhecesse, sobre tudo que a vida tinha no momento e tudo que viria a nascer um dia.

No entanto, mesmo com todas essas criaturas fantásticas e essas histórias magníficas, mesmo com todos os prazeres da criação, Deus ainda estava solitário.

Deus andava de um lado para o outro e pensava. Pensava e andava de um lado para o outro. E finalmente ocorreu uma ideia ao nosso grande Criador! "Ah. Vamos criar seres humanos à nossa imagem, à nossa semelhança. Que eles cuidem de todas as criaturas dos mares, dos ares e da terra, e que delas recebam cuidados também."

E então criou os seres humanos com pó da terra e soprou nas suas narinas alento da vida. E os seres humanos se tornaram almas viventes. Homem e mulher, Deus os criou. E à medida que foram criados, de repente, todas as histórias que acompanham o fato de ser totalmente humano também ganharam vida, milhões e milhões de histórias. E Deus abençoou todas elas e as colocou num jardim chamado Éden.

Agora Deus passeava pelos céus todo sorrisos, porque afinal, sabe, Deus não se sentia mais só.

Não eram as histórias que estavam faltando na criação, mas sim, e de modo mais específico, os humanos expressivos que pudessem contá-las.

Ora, sem sombra de dúvida, entre os humanos mais expressivos que já foram criados, especialmente aqueles loucos por histórias, pelo trabalho duro e por viver a vida, estavam os bobos dançarinos, as megeras sábias, os sábios resmungões e os "quase santos" que compunham o grupo dos velhos na nossa família.

Esse grupo incluía meu tio, que, sempre que eu contava "A Criação das Histórias", gritava em seguida: "Ouçam, meus amigos, o que essa criança disse. Nós não acreditamos num Deus que ama as histórias? Se não fosse por nós, Deus se sentiria só! Não devemos deixar Deus decepcionado. Uma história agora, mais uma!" E nós prosseguíamos com nosso trabalho e nossas histórias. Às vezes, o dia inteiro e noite adentro.

Aquele que pedia mais histórias como quem pede mais cerveja preta – esse era meu tio, a quem eu chamava de Zovár,[4] pois, sempre que tinha alguns centavos, ele comprava um grande charuto, mal enrolado. Ele adorava tentar fumá-lo antes que apagasse pela milésima vez.

Titio fazia parte da minha família adotiva, um velho lavrador que, num final de tarde na Hungria, durante a Segunda Guerra Mundial, fora arrancado da sua pequena fazenda e havia de algum modo conseguido, como ele disse, "por forças divinas que ninguém compreende", manter-se vivo depois de ser levado para trabalhar e morrer de fome num campo de trabalhos forçados muito longe, na fronteira com a Rússia.

Naquela época, quando eu estava crescendo, todas as vezes que alguém – como ocasionalmente alguns comentaristas no rádio ou estranhos de passagem – dizia "A Alemanha nazista fez isso, os alemães fizeram aquilo", titio dava a mesma opinião serena. "Vocês estão enganados. Os nazistas e seus asseclas não eram da Alemanha. *Gyáva népnek nincs hazája.* Os covardes não têm uma pátria própria. Aqueles demônios eram do inferno."

Depois de muito tempo, a guerra na Europa já não grassava mais.[5] Meu pai adotivo, com a ajuda da Cruz Vermelha e de grupos clandestinos, procurou nos campos de refugiados, encontrando finalmente nosso velho tio e, mais tarde, outros parentes idosos. Meu pai adotivo ajudou a liberar todos dos campos nos quais estavam sendo mantidos. Mas, para encontrar um porto de onde zarpar, os refugiados tinham de cruzar a Europa a pé, em carroças e caminhões, até que, com muita inspeção de documentos e espera temerosa, eles pudessem subir com esforço pela prancha de embarque para as entranhas de um enorme navio destinado à "Ahmer-ee-kha", América.

Não havia telefone em nenhum dos lados do grande oceano, nenhum meio de dizer quem estava onde e quando. O destino de todos estava nas mãos de estranhos: camponeses, famílias à beira das estradas, santos clandestinos, freiras cheias de coragem e enfermeiras em minúsculos postos avançados – a todos os quais, na nossa família, ainda nos referimos como "os abençoados".

Durante três semanas no escuro, titio atravessou o oceano. Em seguida, num verão escaldante, ele atravessou metade da fronteira norte dos Estados Unidos num trem apinhado, com o ar asfixiante durante o dia e sufocante à noite.

Afinal, o aviso da chegada do titio chegou por meio de um telegrama sem nenhum texto. Estava combinado que as organizações de refugiados, em penúria financeira, mandariam um telegrama em branco um dia antes de o refugiado chegar no lugar escolhido. Portanto, soubemos que o trem do titio chegaria em alguma hora do dia seguinte na que havia sido designada como a "Estação dos Refugiados", a enorme estação ferroviária em Chicago, 160 quilômetros a oeste da nossa comunidade rural.

Eu estava com cinco anos de idade no dia em que embarcamos no trem para apanhar titio.

Viajamos umas três horas na direção oeste. O trem parou a cada pomar e a cada plataforma com caixotes de madeira ao longo do percurso. Nós levamos uma quantidade tal de parentes que poderíamos ser considerados uma pequena nação soberana. Carregávamos uma quantidade suficiente de pão, queijo, bolsas, caixas e garrafas de água, cerveja caseira, vinho e soda morna, para alimentar e hidratar a nós mesmos e a mais cinquenta famílias, caso surgisse a oportunidade.

Espremidos como ameixas em conserva num pote de vidro de meio litro, seguimos no trem interminavelmente quente todo o caminho até Chicago. No entanto, estávamos revigorados pelo desejo, pela esperança e emoção de encontrar nosso parente afastado pela guerra e trazê-lo afinal para casa.

A ESPERA PELO TREM DO TITIO FOI MUITO DEMORADA. Naquela enorme gruta de vigas de ferro que chamavam de estação ferroviária, esperamos a tarde toda, depois o entardecer e finalmente noite adentro – tudo num calor que fazia murchar flores, roupas e seres humanos.

A enorme massa humana que se reunia ali era colocada em confusão ainda maior pelo fato de que os alto-falantes que anunciavam os números das plataformas para as chegadas dos trens ecoavam com tanto ruído que ninguém conseguia discernir o que estava sendo dito. As plataformas oscilavam e tremiam com a chegada de cada trem. Os sons dos freios de ferro guinchando nas rodas, os estrondos enormes e grandes silvos, os cheiros dos óleos das chaminés das locomotivas e do querosene nas lanternas balouçantes dos ferroviários – tudo isso era profundo.

Os trens eram feitos de ferro e aço enegrecidos. Eram armados com o que pareciam ser centenas de rodas perfeitamente usinadas, tanto grandes quanto pequenas, e milhares e milhares de rebites por toda a parte. Havia uma bela inscrição dourada contornada em vermelho em cada vagão até o fim da linha.

As locomotivas eram três vezes mais altas do que o homem mais alto. O calor de apenas um desses trens dava a impressão da baforada de 25 fornalhas blindadas presas umas às outras por presilhas gigantescas. As pessoas exaustas se encostavam nas colunas da estação ferroviária e, mesmo sem fazer absolutamente nenhum esforço, como disse meu pai adotivo, "suavam como elefantes".

Do meu ponto de vista infantil, tudo era cotovelos, barrigas e traseiros, ombros, pescoços esticados, as camisas manchadas dos homens, as mulheres usando chapéus de bicos com plumas a tremular e saltos altos que pareciam cascos de cervos. Havia mulheres usando *babushkas*, com as pernas e os braços peludos e barrigas murchas; e homens, em ternos pretos tornados cinzentos pela fumaça e pelas cinzas. Havia muitos velhos tão encurvados que seu tamanho era semelhante ao meu. Eu conseguia encarar de frente os olhos de muitos velhos, e eles sorriam para mim com seus sorrisos extremamente assustadores pela falta de dentes, mas tão carinhosos.

A multidão se concentrava junto a uma porta ou outra ao longo das filas de vagões. Eu nunca vira tantos adultos chorando, dançando de alegria, rindo, dando tapas nas costas uns dos outros, tagarelando e gritando ao mesmo tempo. As pessoas se aglomeravam, e as lágrimas estavam por toda a parte encobertas pelo cheiro de alho, de uísque e de transpiração. E a névoa da noite úmida, além do vapor das enormes locomotivas, pairava numa imensa nuvem em volta da cena.

De repente, a confusão em constante movimento de espinhas de peixe e tecidos de uma só cor, de xadrezes e bolinhas, abriu-se e, bem longe na plataforma, num espaço solitário só seu, estava um velho desnorteado, em trajes esfarrapados de camponês. Por trás dele havia um halo criado pelas enormes lâmpadas da estação protegidas por telas de arame.

Pela expressão no rosto do meu pai adotivo, eu soube que essa era a criatura que estávamos procurando. Por um instante, o rosto de papai perdeu toda a expressão, e então ele saltou – é isso mesmo, *saltou*, tenho certeza de que meu pai, um homem alto, saltou – por entre dezenas de carrinhos de bagagem e abriu caminho com os ombros entre ondas de seres humanos para afinal abraçar aquele homem macilento e altíssimo.

Meu pai conduziu nosso pobre tio pela plataforma, segurando-o pelos ombros e o levando também pelo cotovelo, para atravessar a multidão.

"Pronto! Este aqui é seu tio!" gritou meu pai como se tivesse acabado de ganhar todos os prêmios de valor no universo inteiro.

Titio era um homem imenso, de perto, como um gigante das histórias de fadas que ganhou vida. Usava uma camisa branca amarfanhada, sem colarinho nem punhos, e calça comprida e folgada, tão larga que parecia uma saia franzida que vinha até o chão. Seus antebraços fortes, vermelhos, eram marcados por músculos largos. Precisei pôr minha cabeça muito para trás para ver seu rosto. Ele usava bigodes que iam de uma bochecha à outra, e eu sentia o cheiro de tudo que era diferente nele, desde a lã de carneiro dos sapatos tricotados e disformes[6] até uma coisa que parecia água de lago no seu cabelo.

Titio pôs no chão o pequeno saco com seus pertences e sua mala de papelão. Tirou devagar o chapéu e se ajoelhou bem diante de mim na plataforma de concreto. Muitos sapatos e botas passavam apressados à nossa volta. Vi os cabelos prateados encharcados de suor das suas suíças, e os pelos duros e fluorescentes da barba por fazer no seu queixo e nas faces. Titio estendeu uma grande mão, segurou minha cabeça e me envolveu com o outro braço. Jamais me esquecerei das suas palavras quando me abraçou forte: "Uma... criança... viva...", sussurrou.

Apesar de ser tímida com estranhos, retribuí seu abraço do fundo do coração porque, embora na ocasião não conhecesse nenhuma palavra para descrevê-la, compreendi a expressão no seu olhar. Era uma expressão com a qual eu já havia deparado uma vez na minha infância, por ter visto os olhos de cavalos salvos de um incêndio súbito e terrível nas estrebarias.

Esse tio gigante recém-encontrado veio para casa conosco. Aprendi que era um homem de grande solidão. Descobri também que, mesmo quando tirava o charuto da boca, um lado do seu lábio era mais alto e sua boca não fechava direito. "É nisso que dá fumar charutos quando se é pequeno", dizia ele, e depois ria. "Não fume charutos, e sua boquinha linda não vai ficar parecida com a minha quando você crescer."

Eu adorava esse tio, apesar de seus incisivos serem cinzentos quando sorria. Ele tinha molares escuros e assustadores no fundo da boca. Sua testa extraordinariamente larga era marcada por espantosas sobrancelhas, que eram como escovas de aço na forma de asas suspensas acima dos seus olhos, como viseiras. Suas mãos conseguiam segurar cinco pescoços de faisão de uma vez. O melhor de tudo eram os olhos claros. Ao sol direto, pareciam da cor quente de um verdadeiro ouro derretido.

Titio só havia completado a segunda série, e viveu no novo país como havia vivido na terra natal – como um homem que sabia consertar arreios, mas que não conseguia consertar nada que tivesse partes movidas por eletricidade; que sabia guiar um boi, mas não um carro; que nunca havia possuído um rádio, mas que podia contar histórias até de madrugada; que sabia fiar e tecer, mas não conseguia descobrir como se andava em escadas rolantes.

Uma vez um homem de terno veio até nossa cerca para tentar vender seguros. Tio Zovár não entendia por que deveria comprar "seguros" se estava apostando contra sua própria saúde. O homem chamou meu tio de "bronco e ignorante". É que o vendedor não conhecia meu tio, não sabia que a vida do titio havia sido queimada e arrasada, e mesmo assim ele continuava gentil com as crianças, terno com os animais, e ainda acreditava que a terra era um ser vivo, com suas próprias esperanças, necessidades e sonhos.

Como os outros refugiados na nossa família, titio sofria com suas lembranças e se esforçava muito para não falar diretamente das suas experiências na guerra. Só que as pessoas precisam falar daquilo que as machucou. Senão, a besta da guerra surge em pesadelos, em crises súbitas de choro e ataques de raiva. Quando titio falava do passado, suas palavras de algum modo eram muito piores de ouvir quando eram breves. Ele dizia: "Foi muito ruim." A isso se seguia um longo silêncio.

Com maior frequência, ele falava através de histórias, e na terceira pessoa, como, por exemplo: "Eu uma vez conheci 'esse homem' que disse que a pior parte dos campos de trabalhos forçados era que os entes queridos eram separados uns dos outros. As mães e os pais enlouqueciam, ficavam totalmente loucos, para saber o paradeiro dos filhos e filhas. E as crianças, as crianças..."

E a essa altura titio simplesmente parava, erguia-se da cadeira e ia andar lá fora. Na chuva, na neve, de dia ou de noite, ele fugia para o ar livre, e demorava muito tempo para voltar. Eu o adorava e o temia. Nessas ocasiões, os adultos de repente fechavam a expressão e se voltavam deliberadamente para a tarefa de descascar batatas, tricotar meias, trazer lenha para dentro de casa ou varrer o chão – todos num silêncio total, decorrente do esforço de se proteger dos seus próprios fantasmas mal contidos.

Eu, porém, corria atrás do titio e sempre o encontrava caminhando pela estrada ou, tendo saído da estrada para os campos, caminhando pelos bosques, ou ainda consertando cordinhas e arames no defumador. Foi correndo atrás do titio que vim a ter conhecimento do seu estranho amigo e alter ego, "esse homem", "... aquele que eu conheci um dia na terra natal".

Titio costumava se referir a "esse homem" com tanta frequência ao longo dos anos que, em respeito pelo sofrimento que provocou o surgimento de "esse homem", passei a chamar esse distante eu-espírito de Esse Homem e, às vezes, Aquele Homem, como qualquer personagem digno de um nome próprio.

Uma vez titio me disse: "Esse Homem... Esse Homem que eu conheci, ele era atormentado pelas últimas imagens das velhas da aldeia quando os comboios levaram os homens e os meninos embora... Elas... as velhas, praticamente sem nenhum dente na boca, uivavam literalmente para os céus, jogadas no chão com a neve entrando nas bocas e nos olhos, esmurrando o chão enlameado, velhas de quatro, socando o chão com os punhos fechados de dor.

"Esse Homem", continuou meu tio, "tem muitas lembranças. Quando o exército estrangeiro chegou e antes que levassem todos embora, eles disseram a Esse Homem: 'Se você nos der alimento, podemos poupar suas árvores. É só nos dizer qual arvoredo é o seu, e nós o pouparemos.'

"As árvores, ai, meu Deus, as árvores. Todos nós tínhamos bosques para o amor, para a sombra, para servir de quebra-vento. Às vezes, para ajudar a passar o inverno, vendíamos uma pequena parte, perto da periferia, como planta nova quando atingiam tamanho suficiente.

"Esse Homem cuidava dessas árvores, sabe, cuidava delas desde que eram pequenas. Eram seu orgulho e sua alegria.

"Por isso, Esse Homem tentou proteger as árvores. Ele, como todos os outros camponeses, havia frequentado a escola dos campos, não a escola do professor de óculos. Ninguém compreendia essa guerra que se precipitava como um falcão gigante e carregava aldeias inteiras para o ninho do inferno, e ninguém sabia como escapar.

"Desesperado, Esse Homem respondeu aos soldados: 'Que árvores são minhas? Todas as árvores que estão vendo até onde os olhos alcançam, todas elas são minhas.' Ele apontou não só para seu bosque, mas para os de todos os seus vizinhos e para a antiga floresta que se estendia por quilômetros afora, até o horizonte.

"E por essa resposta eles o jogaram ao chão e deram chutes na sua boca inúmeras vezes por 'ter a mentira na língua'. Eles quebraram o maxilar d'Esse Homem e o largaram. Enfurecidos, atearam fogo à madeira seca nos centros dos maiores pinheiros. Os galhos secos explodiram em chamas a partir dos pés até os topos das árvores e, assim, os bosques foram arrasados em questão de instantes."

DURANTE MUITO TEMPO, NOSSA PEQUENA CASA ESteve cheia, com muita gente que acabava de voltar da guerra – e acabava de voltar dos mortos. Eles traziam centenas de perdas e imagens horrendas que não podem ser descritas apenas com palavras.

Embora meus parentes aos poucos fossem exibindo suas canções lindas e obsessivas e suas histórias singulares, a dor da guerra entrincheirada na mente e no espírito continuava, sem trégua. No início, eles não conseguiam parar de falar com enorme emoção sobre o que lhes acontecera. Mais tarde, faziam os maiores esforços para nunca voltar a falar no que havia acontecido. No entanto, durante muito tempo, a besta da guerra mantinha o domínio sobre eles, sob muitas formas e com grande insistência.

O que significa viver com uma guerra e lembranças da guerra dentro de si? Significa viver em dois mundos. Um, à procura da esperança; o outro, sentindo a desesperança. Um, à procura de significado; o outro, convencido de que o único significado da vida é que não há significado na vida.

Em cada um dos nossos que sofreram tanto, havia duas identidades conflitantes. Uma, vivendo a vida do novo mundo; a outra, correndo, em fuga constante, das lembranças do inferno que surgiam em perseguição. Fantasmas animados por si mesmos, detonados pelo estalido de um portal, por uma gata no cio a berrar de repente na noite, pelo cão inocente a arranhar a porta de tela pedindo para entrar, por uma súbita rajada de vento que faz uma cortina derrubar uma jarra no chão.

Coisas corriqueiras causavam terror, medo ou repulsa: o cheiro de um determinado óleo para espingardas, a primeira neve e o sangue fresco do cervo estripado para servir de alimento, um certo tipo de dor nos ossos decorrente do trabalho na lavoura, uma velha história sobre um véu de noiva, um som de cascos de gado sobre um bueiro de metal, um súbito apito de trem e o retumbar de uma longa ponte de tábuas.

Havia guerras no titio que faziam com que tivesse lembranças "demais", como ele dizia. Havia guerras entre a morte da esperança e a esperança da morte; a esperança da vida e uma vida de esperança. Às vezes, o único cessar-fogo que se mantinha por algum tempo precisava ser negociado com um tratado elaborado com muito gim e muita vodca.

HAVIA TAMBÉM, ENTRETANTO, TEMPOS DE GRANDE PAZ. Titio conhecia a terra como conhecia as rugas no seu rosto, como conhecia as veias nas costas das suas mãos – o quintal dos fundos, o pátio lateral, depois a saída para o campo próximo, para os campos médios e os distantes. Quando caminhávamos por esses campos, nossas botas ficavam cada vez mais pesadas, cheias de lama negra grudada – meio quilo, um quilo e até um quilo e meio em cada pé. A parte superior dos músculos da coxa era muito forçada. Cada vez mais tensão era necessária para desgrudar o último passo e poder dar o seguinte. Mas isso nós adorávamos – essa pequena luta que não fazia mal a ninguém. Essa era nossa prova modesta de que estávamos conseguindo viver de novo.

Caminhávamos, com os ouvidos atentos para a saúde das plantas, das árvores e das lavouras ao redor. Aquela mata estava ocupada pelo número necessário de borboletas? As árvores estavam cheias da quantidade certa de pássaros canoros? Nós sabíamos que tanto os pássaros quanto as borboletas eram importantes para o transporte do pólen entre as árvores frutíferas, para que fosse abundante a colheita de cerejas e houvesse uma quantidade apreciável de peras, ameixas e pêssegos a conservar para o inverno.

Enquanto caminhávamos, titio matutava: "Já ouvi pessoas perguntando onde fica o jardim do Éden. Ora! Qualquer lugar que se pise nesta terra é o jardim do Éden. Toda esta terra, por baixo dos trilhos de trens e das rodovias, da sua roupagem gasta, do seu entulho, de tudo isso, é o jardim de Deus – ainda com o frescor do dia em que foi criado.

"É verdade que em muitos lugares o Éden está enterrado e esquecido, mas o jardim pode ser restaurado. Onde quer que haja terra sem uso, mal utilizada ou exausta, o Éden ainda está bem ali embaixo.

"Só que nós não íamos querer escavar a terra para lhe devolver a vida, nem tentar recriar o Éden a grandes pazadas. Não, não. Não importa o tamanho do jardim – seja ele de um côvado por um, tenha ele campos tão imensos que não se veja o fim – quando se está plantando direto; deve-se afagar a terra, sem parar, remexendo pequenos punhados dela. Ser delicado. Ser econômico. Não tirar enormes pazadas para terminar o trabalho mais rápido. Como na hora de derramar o leite sobre a farinha, não se joga todo o leite de uma vez. Não, com delicadeza derrama-se um pouquinho, mexe-se um pouquinho, derrama-se um pouco mais, mexe-se um pouco mais, e é assim que se deve tratar a terra, com consideração, com presença de espírito."

Foi assim que aprendi que esta terra, da qual dependíamos para nossa alimentação, nosso ganha-pão, nosso descanso, para a oportunidade de ver a beleza, deveria ser tratada da mesma maneira que esperaríamos tratar os outros e a nós mesmos. O que quer que seja que aconteça a este campo, de algum modo, também acontece a nós.

Nós cuidávamos de todas essas questões para poder avaliar as condições de tudo, de como seria a produção e do que estava se passando nos campos e em nós.

Estávamos satisfeitos com a vida naquela época, e o espírito errante do titio, expulso de dentro dele por tanta guerra, começou a pairar por perto novamente. E, aos pouquinhos, titio começou a voltar a ser uma pessoa em vez de duas.

TUDO IA BEM E A VIDA VOLTAVA A VICEJAR — ATÉ um certo dia. Ele começou sem problemas pela manhã, mas antes do anoitecer o caos era total.

A comissão rodoviária estadual mandou funcionários até nossa comunidade rural para anunciar que o estado "desapropriaria" terras que pertenciam às pessoas. Ia ser construída uma estrada com pedágio que atravessaria o recanto tranquilo onde morávamos. Eles "desapropriariam" campos e florestas inteiras – que estavam sendo fatores essenciais na cura das pessoas devastadas pela guerra, a terra na qual as pessoas plantavam os alimentos para o verão e o inverno, o lugar onde as crianças brincavam de esconde-esconde, a cama de pinheiros dos vagabundos que pegavam carona nos trens, abrigos para os que chamavam de casa uma lona e um mourão.

Para tantas pessoas, essas terras eram o repouso e a restauração das almas.

Titio levantou-se aos gritos: "O que é *desapropriar?* Vocês querem dizer *roubar*, vocês *roubam* de nós!" Alguns parentes assustados empurraram titio lá para fora e procuraram acalmá-lo.

A aldeia inteira tremeu, consternada. O estado confiscou a terra, as casas humildes, os celeiros precários, os barracões de arreios e ferramentas, de tal modo que a terra podia ser comprada a centavos para cada dólar de valor. Não se permitiu nenhum recurso, nenhuma palavra, àqueles que trabalhavam a terra, àqueles que amavam a terra, que viviam nela e dela tiravam seu sustento.

Para titio e os outros imigrantes-refugiados da nossa família e os de muitos vizinhos próximos que sobreviveram à guerra, esses acontecimentos eram apavorantemente semelhantes às profundas aflições que haviam sofrido durante a guerra. Sua terra foi ocupada contra sua vontade; suas fazendas, as lavouras, seu meio de vida e, ainda mais, seu espírito e o que tinha importância para seu espírito foram tomados num instante... por homens... de uniforme... que insistiam... que diziam que estavam apenas cumprindo ordens... que alegavam ter direito sobre os outros...

Tio Zovár enlouqueceu por uns tempos.

No primeiro dia em que vieram as máquinas de terraplenagem, titio saiu pelos campos batendo com os pés e vociferando, sacudindo o punho fechado para os escavadores ao longe. Ele tentou insultar os operadores aos gritos de "*Annyit ért hozzá, mint tyúk as ábécéhëz!*". Os operadores, como não entendiam húngaro, não faziam ideia do que ele estava dizendo. Ele gritava: "Vocês conhecem tanto o jardim de Deus quanto uma galinha conhece o alfabeto!"

Na sua aflição e desespero, titio apanhou um punhado de pedrinhas e com toda a força as jogou nas máquinas de terraplenagem. As pedrinhas atingiram uma das máquinas com um ruído semelhante ao de um punhado de areia lançado contra uma parede de ferro.

Dois trabalhadores corpulentos escoltaram titio até a casa, cada um a segurá-lo por um dos braços. Titio chorava enquanto eles o forçavam a andar mais rápido do que ele conseguia acompanhar. "Mantenham esse homem em casa e longe de nós", rosnaram. Soltaram os braços do titio de repente, e ele tropeçou para a frente. Minha tia velhinha e eu o amparamos nos braços e o trouxemos para dentro de casa. Os homens grandes voltaram, arrogantes, para suas máquinas enormes.

Titio se recusava a ser consolado. Gritava: *"Kinyílik a bicska a zsebëmben!* Meu canivete abriu dentro do bolso!" Era uma antiga forma familiar de dizer que se está ao mesmo tempo desesperado e impotente. Os parentes se aglomeravam num grupinho ansioso. Eles sussurravam: "Mande a criança entrar... A criança, a criança. Mande a criança entrar..."

Entrei para falar com meu tio, e em lágrimas ele segurou minhas mãos. Suas palavras foram tantas que eu bem que tentei, mas não consegui, captar seu significado; já o tom das suas palavras entrecortadas e todas as esperanças e medos por trás delas, esses eu senti não só que compreendia, mas que poderia chorar por ele e por todas as pessoas do mundo até o final dos tempos.

TODOS NA COMUNIDADE ORAVAM PARA QUE A COmissão de estradas recuperasse o juízo, os burocratas alterassem seus planos pelo bem de todos, se parasse com os cortes da terra, e para que Deus acabasse com essa estrada para sempre.

No entanto, isso não acontecia. Todos os dias as escavadeiras vinham; e todos os dias elas berravam, guinchavam e trituravam, cortando e arrasando florestas e campos excelentes.

UM DIA DE MANHÃ, OUVIMOS TITIO LÁ FORA E O retinir de enxadas e ancinhos batendo uns nos outros, bem como pilhas de ferramentas caindo umas por cima das outras. "Vou fazer uma coisa!", exclamou. "Vou fazer uma coisa!"

Ele apanhou duas pás enormes. Nossas pás e enxadas eram afiadas em grandes pedras de amolar. Todas as lâminas das ferramentas eram amoladas como navalhas. Essa era uma tradição mantida da terra natal, onde era possível usar as ferramentas não só para cavar mas também para se defender. O pós-guerra ainda era recente para que alguém tivesse encontrado motivos para abandonar essa prática.

Todos gritaram: "Não, Zovár! Não! Guarde as pás no lugar! O que está fazendo?! Não faça nada sem pensar! Zovár! Zovááárrr!"

Titio, porém, não respondeu. Saiu em marcha para os campos com uma pá em cada ombro, "uma para descansar, uma para trabalhar". Durante a manhã inteira, cavou numa pequena porção do que restava de um campo maior depois que o leito da estrada o cortou. Na sua empolgação com a construção da estrada, alguns trabalhadores haviam revirado mais terra do que o necessário. Os troncos quebrados das árvores e as fileiras de milho destruído eram tudo o que eles haviam deixado para trás. Eles transformaram um campo vivo num local devastado, e depois foram embora. A nova estrada estava agora pronta, e sua pavimentação ficava a menos de trezentos metros a oeste dali.

Titio cavou fundo ao longo do perímetro do campo, acompanhando a curva aproximada da nova estrada e deixando para trás um longo e sinuoso monte de terra. Ele cavava e tirava a terra, cavava e tirava a terra. Vários vizinhos interromperam seu próprio trabalho para vir pela estrada para se inteirar. Voltavam com pás e picaretas para ajudar.

Antes da tarde, até onde se pudesse ver, havia uma trincheira que acompanhava a borda de quase metade de um hectare. Ela talvez tivesse cerca de um metro e trinta de largura ao longo da parte estreita do campo que permaneceria nas mãos da comunidade.[7]

Caiu a noite. Titio veio para casa, a passos pesados. Fez uma boa refeição de sopa numa tigela de cerâmica com um pássaro magiar pintado na lateral. Devorou um pedaço de pão preto de centeio, feito em casa. Bebeu uma cerveja muito gelada de uma garrafa de vidro cor de âmbar.

Saiu da casa levando um velho balde vermelho amassado, cheio até a borda com combustível. Ele caminhava todo inclinado para um lado com sua carga.

Lá no campo, no ar totalmente parado da noite, derramou cuidadosamente o combustível ao longo do campo, em dois lados e uma vez pelo meio. Da beirada, ele acendeu fósforos de madeira e os jogou baixinho em diversos locais.

O campo inteiro irrompeu em chamas tão fortes que atraíram gente até de onde a fumaça negra pôde ser vista.

As largas estradas de terra em três lados e a trincheira no quarto mantiveram o fogo sob controle.

Tarde da noite, homens e mulheres com crianças sonolentas nos braços ficaram em longas fileiras alaranjadas, fazendo sinais de aprovação com a cabeça, e vendo o terreno queimar e queimar.

No dia seguinte, o campo ainda fumegava, mas o fogo estava extinto. Com sua pá afiada como uma navalha, titio revirava restolhos e raízes enegrecidas aqui e ali, expondo assim a terra ainda mais.

"Você está vendo", perguntou titio, "essa queimadura e o enegrecimento do solo aqui? Logo trará resultado, tanto que você nem vai acreditar."

"O que vai semear aqui?", perguntei.

"Não vou semear nada", respondeu titio. Não entendi. Já havíamos feito queimadas antes, pois a cinza tornava fértil o solo cansado.

"Titio, por que vai deixar a terra nua e sem semear?"

"Ah, minha menina, para ser um convite."

Ele explicou que os pinheiros e carvalhos não se dispõem a nascer nos campos e formar novos bosques se não deixarmos a terra sem semear. Meu tio imaginava que essa terra árida deveria se tornar uma nova floresta, de grande beleza e sossego. "Ser pobre e não ter árvores é ser o ser humano mais faminto do mundo. Ser pobre e ter árvores é ser totalmente rico, de uma forma que o dinheiro não pode comprar nunca."

As árvores, disse ele, não viriam se a terra fosse cultivada. "As sementes da vida nova não encontrarão nenhuma hospitalidade nem motivo para pousar aqui, a menos que a deixemos árida, que a deixemos nua para que uma floresta de sementes a considere hospitaleira."

Muito tempo atrás, o pai do titio tinha um bom amigo que lhe passou essas palavras, e meu tio me ensinou: *hachmasat orchim*. Elas querem dizer hospitalidade, especialmente para com desconhecidos. Titio explicou que esse era o princípio segundo o qual eles se esforçavam por viver antes da guerra; e agora novamente, depois da guerra, era o princípio que deveríamos seguir para tentar voltar a viver.[8]

Titio disse que era uma bênção acolher o estranho, dar conforto ao andarilho e, especialmente, ao viajante cansado. "Da mesma forma que a risada hospitaleira espera pela piada da qual possa rir, da mesma forma que os moribundos são hospitaleiros, esperando com boa vontade a chegada Dela, também a terra tem a hospitalidade de um verdadeiro anfitrião.

"Pois a terra tem muita paciência. Sabe? Ela aceita a semente, a erva daninha, a árvore, a flor. Aceita a chuva, o grão, o fogo. Permite a entrada e nos convida. Ela é o anfitrião perfeito", disse titio.

Eu entendi. As sementes da terra, as criaturas da terra, as estrelas no firmamento e nós mesmos – todos éramos convidados desse campo.

Por isso, deixamos a terra nua, para que as sementes soubessem encontrar o caminho até ela. Elas seriam transportadas na boca de pequenos animais que talvez soubessem que esse campo estava à espera. Eles deixariam as sementes cair ali. O guaxinim comeria e depositaria o que sobrasse no campo. O cervo, coçando-se num mourão, soltaria as sementes de carona no seu pelo; as pombas da manhã voando ali por cima poderiam deixar cair sementes dos seus bicos; o tempo no céu e o ar se uniriam para trazer sementes também no vento.

"Você vai ver, só por causa da tremenda *hachmasat orchim* desta terra, coisas maravilhosas começarão a acontecer aqui.

"Você sabe fazer com que as árvores cresçam, tão agrestes e lindas como nunca se viu? Deixe que a terra seja hospitaleira. Como é que se faz isso?

"Não é nenhuma surpresa. Como se fosse para um convidado, primeiro você providencia a água. Ora, Deus já fez isso por nós. Aqui nos campos, Deus chama isso de chuva. Que grande anfitrião que Ele é!

"Em seguida, você providencia sol e um pouco de sombra. Ah, nas nuvens e no sol, Deus também cuidou disso. Ah, que maravilhoso anfitrião que Deus é!

"Em último lugar, deixa-se o solo em pousio. O que quer dizer isso? Quer dizer que ele é revirado, mas não é semeado. Ele passa pelo fogo para se preparar para uma nova vida.

"Essa é a parte que Deus não faz sozinho. Deus gosta de uma parceria. Cabe a nós completar o que Deus começou. Ninguém quer esse tipo de queimada, esse tipo de fogo. Queremos que o campo fique como foi um dia, na sua beleza original, exatamente como queremos que a vida seja como foi um dia.

"Mas o fogo vem. Mesmo que tenhamos medo, ele vem de qualquer jeito, às vezes por acaso, às vezes de propósito, às vezes por motivos que ninguém pode entender, motivos que só são da conta de Deus.

"Mas o fogo pode também levar tudo para uma nova direção, uma vida diferente e nova, uma vida que tenha seus próprios pontos fortes e seus próprios meios de moldar o mundo."

Eu já via que isso era de certo modo verdadeiro. Com meus próprios olhos, via que da noite para o dia o campo já estava vivo de novo, com a vida mais minúscula – bichos-pau que sobressaíam como pedaços de palha verde forte em contraste com as cinzas negras na borda do campo, e formigas de calças pretas e coletes vermelhos passeando aqui e acolá.

"Vou lhe contar uma história", disse titio. "Uma história sobre o tempo da paz e o tempo das cinzas, sobre como os jovens e os velhos aprendem sobre aquilo que não pode morrer nunca."

Titio tirou um charuto grande e malfeito da bolsa de algodão que usava na cintura quando estava no campo. Entre outras coisas, estavam nessa bolsa sua faca, mais um lenço, alguns pregos para as fruteiras,[9] palitos de fósforo, e um frasquinho peludo de couro de cabra cheio de "remédio líquido". Titio já me havia falado: "Isto é um remédio. Se me cortar, posso derramá-lo no corte. Se tiver sorte suficiente para não me cortar, então tomo o remédio todos os dias para continuar com saúde."

Ele arrancou a ponta do charuto com os dentes e o acertou com a faca. Fez muito esforço para acendê-lo. Enfiou a faca no chão ao seu lado. Nós nos sentamos ali à beira do pequeno campo enegrecido, cercado por campos mais altos cheios de milho que amadurecia. A calça comprida e larga do titio formava ondas em volta das suas botas. O chapelão sombreava seu rosto. Eu me sentei com as pernas esticadas para a frente, os bicos desgastados dos sapatos marrons voltados para dentro, as velhas tiras dos sapatos enroladas nas pontas logo depois de passarem pelas fivelas enferrujadas.

"Sabe", disse titio, "era uma vez, há muito, muito tempo, na época em que os bichos ainda falavam..."

O que não pode morrer nunca

... e os humanos ainda conseguiam entender a língua dos animais, um pinheirinho que, embora pequeno em estatura, era imenso em espírito.

Ele vivia nas profundezas de uma floresta, cercado de árvores muito maiores, muito mais majestosas e mais antigas do que qualquer árvore jamais conhecida até então.

A cada inverno, pais, mães e seus filhos penetravam na floresta em velhos trenós de madeira. Com muita felicidade e animação, eles cortavam algumas das árvores de tamanho médio e as levavam embora. Os cavalos veneráveis que puxavam os trenós resfolegavam, e os sinos

nos seus arreios retiniam. O riso das crianças e dos adultos ecoava pelo bosque inteiro.

Ah, sim, o pinheirinho ouvira sussurros entre as árvores mais velhas, as que eram altas demais e grandes demais para serem derrubadas pelo machado e arrastadas dali – é, ele ouvira a história de que as árvores cortadas eram levadas para um lugar maravilhoso, chamado casa.

Ali, eram tratadas com o máximo respeito, afagadas por muitas mãos e postas numa água que lhes aplacava a dor. Depois, ao que se dizia, uma família inteira de pessoas sorridentes se reunia ao seu redor. Elas enfeitavam a árvore com objetos pequenos e lindos: pequenos globos feitos de fita com amêndoas dentro, doces e outras guloseimas. Velinhas esplêndidas eram acesas e colocadas nos galhos e ramos da árvore. Finalmente, decorada com balas, guirlandas de frutas e às vezes até enfeites de vidro e minúsculos espelhos coloridos, a árvore se tornava o convidado mais reverenciado da casa. Era de fato uma das glórias mais magníficas que se poderia um dia conceder a uma árvore.

Entre as árvores mais velhas que conheciam esses assuntos, dizia-se que essa era, para os humanos envolvidos, uma época de enorme alegria, pois lindas criancinhas vinham cantar, o fogo ardia em cada lareira e mesmo as estrelas no céu pareciam brilhar ainda mais.

De acordo com a descrição das mais velhas, em toda a parte moças e rapazes podiam ser vistos apressando-se e carregando para o salão o alimento que tivessem para compartilhar com todos. As velhas usavam seus melhores aventais brancos. Os velhos, seus melhores ternos e chapéus pretos. E todas as mulheres usavam seus melhores vestidos pretos. Todos os meninos usavam calças que sempre davam coceira, e as meninas, saias perfeitas para ensaiar mesuras. Ah, tudo aquilo parecia perfeitamente maravilhoso. E era com isso que o pinheiro sonhava.

Ano após ano, ele esperava que o verão passasse, que o outono chegasse e afinal viesse a beleza do inverno. Quando sentia o frio cortante dos ventos, se alegrava. Ficava então felicíssimo no seu belo manto verde que se enchia mais a cada ano que passava. E, também a cada ano, no inverno, os trenós vinham e cortavam as árvores novamente, enquanto as crianças gritavam e faziam bonecos de neve com formato de anjo nos grandes montes acumulados pelo vento.

Apesar de o pinheirinho ser tímido, ele não conseguia se conter e a cada ano gritava com mais atrevimento: "Venham me escolher! Olhem para mim! *Adoro* crianças. *Adoro* essa comemoração fabulosa. Olhem para mim! Por favor! Venham me escolher!"

Ano após ano, porém, ninguém o escolhia. Logo muitas árvores haviam sido retiradas da floresta ao seu redor. Agora o parente mais próximo estava a uma boa distância, e o pinheirinho estava bastante só, mas também em pleno sol e assim ele foi crescendo, crescendo, até ficar muito mais alto do que antes.

No inverno seguinte, voltaram os cavalos puxando um trenó com o pai, a mãe e crianças risonhas. Os cavalos empertigados passaram direto pelo pinheirinho, pois o pai estava avaliando um denso aglomerado de árvores mais ao longe. "Espere", gritou uma das crianças, "aquele ali atrás, aquele ali sozinho." E o pinheirinho começou a tremer de esperança.

"Ah, isso mesmo! Cheguem mais perto! Olhem para mim! Por favor! Venham me escolher!" O pinheirinho se esforçava para ficar mais reto e mais alto. E a família deve ter ouvido o que dizia, pois o trenó parou, os cavalos deram meia-volta e logo a família estava abrindo caminho na neve espessa para examinar a árvore.

"Ah, olhem como os galhos são cheios de vida", exclamou uma criança que tinha as bochechas perfeitamente rosadas. "Ah, vejam como essa árvore está verde e vigorosa", disse a mãe. "É", respondeu o pai, "essa aqui não parece nem alta nem baixa demais, está perfeita para nós."

E o pai apanhou seu machado no trenó. Com o primeiro golpe, o pinheiro sentiu a maior dor de toda a sua vida. "Ai", gritou a árvore, "vou cair." E nesse exato momento, ele desmaiou. O machado continuou os golpes até que a árvore fosse separada da sua raiz, derramando grande quantidade de neve ao tombar.

Muito mais tarde, o pinheiro voltou a si no reboque que vinha dançando atrás do trenó. Tilintavam os sininhos nos arreios dos cavalos, e o pinheiro ouvia a conversa e o riso das pessoas. A dor mais terrível parecia estar passando agora; além disso, ele tinha uma vaga lembrança de que estavam indo a alguma parte, a algum lugar importante, lindo e maravilhoso, a um lugar que ele havia desejado ver todos os dias e todos os anos da sua vida passada.

Nesse ponto, titio parou para ajeitar seu charuto mal enrolado. "Minha menina, você sabe, não sabe, o que dizemos em momentos como esse numa história dessas?" Eu sabia, porque havíamos brincado desse jeito muitas vezes antes.[10]

"Sei", exclamei. "Na primeira virada na história, dizemos, em momentos como esse: 'Como os ciganos, quando a caravana começa a avançar, mesmo que se esteja deixando um lugar conhecido por outro desconhecido, ninguém jamais está triste.'"

"Muito bem", sorriu titio, desmanchando meu cabelo. "Por essa bela resposta, você será agraciada com a parte seguinte da história."

Afinal, quando ia escurecendo, o trenó com a família e a árvore no reboque estacionou diante de um chalé coberto de neve. Um velho e uma velha saíram pela neve adentro e se aproximaram do reboque, exclamando: "Que árvore linda, linda, tão alta e tão cheia. Do tamanho exato. Perfeita."

"Ah", pensou o pinheiro, "como é bom ser bem-vindo. Eu me pergunto se este não é o lugar aonde alguns dos meus vieram ao longo dos anos. Ah, espero voltar a vê-los em breve."

Os velhos o tiraram do reboque com mãos cuidadosas. Eles o admiraram, o afagaram, virando-o de um lado e do outro. Mergulharam o tronco cortado da árvore num balde de água fresca que aliviou grande parte da sua dor.

E quando apagaram os lampiões, o pinheiro, que amava a profunda escuridão da floresta, começou a amar também a escuridão daquela casa. Apesar de estar acostumado a ver o céu noturno inteiro, cheio de estrelas, e agora só enxergar um pedacinho de céu através de uma pequena vidraça na janela, havia uma estrela que cintilava mais do que as outras. Ao vê-la, o pinheiro pressentiu a promessa de que muito ainda estava por acontecer.

Com esses pensamentos, ele, como o restante da casa, logo adormeceu num sono profundo e feliz.

Bem cedo na manhã do dia seguinte, houve muito barulho e rebuliço com todo mundo se cumprimentando, se queixando e tagarelando. Alguém estava tirando a poeira do balde de aparas de lenha para enchê-lo ruidosamente. Os cachorros entraram latindo de alegria, seguidos pelas crianças, depois a mãe e o pai, os mais velhos e também outras crianças e amigos, todos trazendo muitas caixas.

A árvore esperava, literalmente prendendo a respiração de tanta emoção. As pessoas tiraram as tampas das caixas, e dentro delas havia enfeites de todos os formatos e tamanhos, feitos de vidro finíssimo. Havia guirlandas de frutinhas e velas com pequenos papéis coloridos em copinhos de vidro.

Em toda a sua volta, a árvore foi adornada e enfeitada com esses objetos. E depois, que maravilha! Dezenas de velas foram acesas, uma após a outra, e arrumadas em círculos e espirais até os galhos mais altos, deixando o pinheiro em glória absoluta.

"Ah, isso é tudo o que os mais velhos lá na floresta descreviam, e muito mais", exclamou o pinheiro. Ele fez um esforço enorme para esticar ainda mais os seus galhos enquanto procurava ficar o mais bonito possível. As crianças gritavam e corriam ao redor, enquanto outros tocavam e cantavam; ah, que alegria, especialmente quando uma linda criança, erguida pelo avô, colocou uma estrela de papel no ponteiro bem no alto da árvore.

Naquela noite, depois que as crianças dormiram e o pinheiro cochilava, enquanto o brilho da grande estrela entrava pelas janelas, os mais velhos entraram furtivos na sala com presentes embrulhados em papel pardo liso e bonito, enfeitado com retalhos de pano que eles haviam unido com uma linha colorida de bordar. No consolo da lareira, puseram cavalinhos, porquinhos, patinhos e vaquinhas feitos de maçãs e laranjas, com gravetos enfiados no lugar das pernas, e olhos e focinhos esculpidos de modo a parecer que estavam sorrindo. E todos foram feitos por mãos cheias daquele tipo de amor que deseja surpreender e agradar as criancinhas.

Pela manhã, a árvore acordou sobressaltada quando as crianças entraram correndo, gritando e exclamando: "Ah, olhem como a árvore está linda, e os presentes ali embaixo." E elas abriam os embrulhos e exibiam belas bonecas de trapos com densas cabeleiras castanhas de lã e vestidos de crochê, feitos à mão. Em seguida, desembrulharam carroças feitas de restos de madeira com rodinhas que giravam de verdade.

Elas arrancaram alegres as castanhas do pinheiro, e a árvore farfalhava os galhos, feliz por participar de tudo com que havia sonhado, e muito mais.

Mais tarde, as crianças tiravam uma soneca no tapete e os adultos também cochilavam. Até mesmo os cães e os gatos estavam adormecidos, a sonhar. E o pinheiro refletia sobre seu destino incrível e sobre todos os acontecimentos do dia. Estava felicíssimo.

Naquela noite, quando todos estavam na cama e roncando baixinho o cão e o gato, assim: zzzzzz; as crianças, assim: ZZZZZZ; e a mãe, o pai e os velhos, assim: ZZZZZZ – a árvore dormia profundamente também e sonhava com sua nova vida.

No dia seguinte e no outro, a árvore continuou orgulhosa na sala, embora estivesse um pouco desarrumada por ter todas as fitas arrancadas e porque sua estrela estava meio caída sobre um dos seus olhos. Apesar disso, tudo estava uma glória mesmo quando o pinheiro viu que a maioria das crianças e dos adultos subia nos trenós e ia embora. "Ora, estarão de volta hoje à noite", pensou o pinheiro, "e então vão mais uma vez pôr meu tronco machucado numa água fresca e nova. Vão me decorar de novo, e a festa vai recomeçar."

O pai entrou então, com passos pesados, e tirou todos os enfeites do pinheiro, guardando-os em caixas com camadas de enchimento de algodão. Depois, tirou a árvore da água e a sacudiu com tanta força que qualquer outra coisa que pudesse estar escondida nos galhos cairia ao chão. Ele deixou as guirlandas de frutinhas secas na árvore e a arrastou da sala.

O pinheiro, apesar de surpreso com esse tratamento grosseiro, ainda estava esperançoso. "Ah, eu me pergunto para que sala iremos agora." Ele imaginou todo o processo jubiloso da decoração, dos presentes, das crianças dançando e de todos cantando, e suspirou ao pensar nisso tudo.

O pai, no entanto, arrastou de maneira descuidada o pinheiro pela escada de madeira acima, que não parava de subir e cujos degraus iam se estreitando cada vez mais quanto mais eles subiam. E afinal, no patamar mais alto, o pai abriu uma pequena porta e, sem-cerimônia, jogou a árvore lá dentro. A árvore exclamou alarmada no que lhe pareceu um grande grito: "Que tipo de escuridão é esta?" Mas a verdade é que ninguém pareceu ouvir, pois o pai fechou a porta e desceu de volta pela escada.

A essa altura, titio suspirou, com o toco de charuto preso naqueles seus dentes escuros que causavam espanto. "Ah", disse ele, "chegamos agora a um ponto na história dessa pequena vida no qual a única mudança que é certa é que haverá mudança. Está entendendo o que estou dizendo?"

Eu achava que sim, mas não tinha certeza. Pensei um bom tempo. Eu deveria responder: "Se o violinista perdeu seu violino, ele ainda pode cantar?"

Não. Dava para ver no rosto solene do titio que essa não era a resposta certa.

Seria: "No exército não há nenhum *Péter bátya?* No exército não há nenhum tio Pedro?", com o significado de que, sob condições de coação extrema, não há encarregado bonzinho para tratar dos nossos ferimentos.[11]

Não, eu podia ver que essa também não era a resposta certa.

O rosto do titio estava alerta. Ele esperava, como um cachorro espera, com um levíssimo tremor por baixo da pele; esperava que eu dissesse apenas uma palavra certa e, quando a dissesse, ele estaria pronto para no mesmo instante dizer que sim, piscar, sorrir, gritar ou dar um tapa no joelho.

Então me lembrei. Ensaiei a resposta, abaixando minha voz. "Titio, quer dizer que, apesar de pensar que estamos seguindo o mapa certo..."

Ele começou a sorrir.

"... Deus de repente resolve tirar a estrada do lugar..."

Titio começou a afirmar que sim, feliz.

"E nos coloca – nós e a estrada – em outro lugar?"

"Ah, minha filha, não é um desperdício mandar você para a escola", bramiu titio.[12] "É, mesmo achando que estamos seguindo o mapa certo, Deus de repente resolve tirar a estrada do lugar, levando-nos para outro canto! É *exatamente* isso!"

Ele pôs as mãos grandes em cada lado do meu rosto. "*Agora* você ganhou o resto da história."

> ... Pois, você sabe, nesse quartinho frio no sótão, não havia luz a não ser por uma janelinha embaçada na lateral do telhado, através da qual brilhava aquela estrela enorme.
>
> "Ai, pobre de mim", pensou o pinheiro, tateando todos os galhos para ver se havia alguma fratura. "O que eu fiz para

ser abandonado num lugar tão frio e solitário?"

Mas ninguém ouviu. E ali o pinheiro ficou muitos dias e muitas noites.

Certa noite, porém, com o canto do olho, o pinheiro viu quatro pontos vermelhos reluzentes. Eram os olhos de dois ratinhos minúsculos que ocupavam as paredes do sótão. "Ah", disse-lhes, em voz baixa, "ah, meus senhores, sabem me dizer quando virão me buscar, quando voltarei para a sala especial?" O camundongo de macacão e cachecol começou a rir e a gaguejar: "V-v-v-vir para levar você de volta para a sala especial? Ha, ha, ha."

Mas o outro camundongo, de vestidinho e avental branco, cutucou o companheiro e falou com a árvore com gentileza: "Querida árvore, ora, você teve uma vida boa, não teve?"

"Tive", concordou a árvore, com tristeza.

"Ah, sei que você sentia ter nascido para essa vida, tanto que não desejava que ela mudasse. Mas...", e nesse ponto ela afagou a árvore, "todas as coisas, árvore querida, mesmo as coisas boas, têm seu fim."

"Esta época precisa terminar?", indagou o pinheiro.

"Sim", respondeu o camundongo, erguendo a mão e acariciando-a novamente. "Essa época já terminou. Mas agora começa um tempo diferente. Uma nova vida, um tipo de vida diferente sempre se segue à antiga. Você vai ver."

E os dois camundongos fizeram companhia à árvore a noite inteira. Contaram histórias e cantaram todas as músicas que conheciam. O pinheiro perguntou se os camundongos não gostariam de subir nos seus galhos para se aquecer, e eles disseram que sim, muito obrigado, e subiram. Juntos eles dormiram durante a noite escura com a grande estrela lá fora se aproximando cada vez mais da janela, quase como se soubesse de seus destinos e, com pena, lançasse sua luz ainda mais sobre eles.

Pela manhã, o pinheiro e os camundongos foram despertados abruptamente pelo ruído de passos pesados na escada, e o casal de camundongos saltou dos galhos do pinheiro. "Adeus, querido amigo. Lembre-se de nós como nós nos lembraremos de você e da sua bondade." E os camundongos correram para a fresta na parede.

"E eu, de vocês", exclamou a árvore. "Eu me lembrarei de vocês."

A porta do sótão foi aberta com violência, e o pai, usando um gorro de lã e um sobretudo, agarrou o pinheiro e o arrastou pela longa escada abaixo, pela porta, até o quintal. Ali, deitou o pinheiro num toco velho e ergueu muito alto um machado enorme, que caiu na árvore com o mais terrível dos pesos, provocando os ruídos mais medonhos de madeira dilacerada. Com o primeiro golpe, a árvore achou que ia morrer com a dor, e antes do segundo já estava inconsciente.

Muito tempo depois, o pinheiro acordou novamente no canto da sala especial e, embora não se sentisse muito bem, parecia que lhe faltava apenas sua copa verde e que seus braços estavam arrumados de um modo totalmente diferente, em pedaços. No entanto, viu, nas poltronas diante da lareira, o velho casal que conhecera quando chegou a casa, vindo da floresta. Eram eles que haviam banhado seu ferimento com água fresca. Ali estavam eles, bem juntinhos diante do fogo. Apesar do seu estado, o pinheiro sorriu com o amor que via entre os dois.

O velho levantou-se e jogou um dos braços do pinheiro no fogo. Embora de início o pinheiro resistisse e protestasse, logo compreendeu, enquanto a chama queimava cada vez mais fundo no seu coração, que aquela era sua alegre missão no mundo – dar calor para pessoas como essas. Ah, ser aquecido de dentro para fora pelo amor, e de fora para dentro pelo amor de alguém como ele.

O pinheiro ardeu então com uma força ainda maior. "Ah, nunca pensei que pudesse queimar com tanto brilho, que pudesse encher uma sala com tanto calor. Amo esses velhos com todo o meu coração." O pinheiro e todos os nós na sua madeira – e no seu cerne – explodiam de alegria nas chamas.[13]

Noite após noite, o pinheiro permitia essa entrega. Era tão completa sua alegria por ser útil e ter vida desse modo que ele queimou e queimou até não restar mais nada dele, a não ser as cinzas que jaziam no fundo da lareira.

Quando estava sendo varrido da lareira pelos velhos, pensou que sua vida fora gloriosa, mais do que esperara, só que agora a nada poderia aspirar.

O casal de velhos era muito cuidadoso e, com suas mãos velhas e sábias, varreu delicadamente cada fragmento de cinzas da lareira. Puseram as cinzas num saco macio e muito usado e o guardaram até a chegada da primavera.

Quando a terra começou a se aquecer, o velho e a velha trouxeram para fora de casa o saco de cinzas, entraram pelos jardins e campos e espalharam cuidadosamente as cinzas do pinheiro por todas as videiras e também por todas as suas terras. Eles misturaram as cinzas do pinheiro ao solo. Com o tempo, quando as chuvas e o sol da primavera chegaram para ficar, as cinzas sentiram sinais de vida por baixo delas.

Aqui e acolá, por baixo, através e em volta das cinzas, surgiam minúsculos brotos verdes das entranhas do solo, e o pinheiro deu milhares de sorrisos e milhares de suspiros na sua felicidade por voltar a ser útil.

"Ai, eu não sabia que podia virar um monte de cinzas e ainda assim voltar a produzir tanta vida nova. Que sorte enorme coube à minha vida. Cresci no isolamento da floresta. Mais tarde, que belos dias e noites de copos a tilintar, de luz de velas e cantorias eu vim a conhecer. Na minha época de solidão e carência, na mais escura das noites, tive a amizade de estranhos, como se fôssemos uma só família, ou até mais do que isso. Mesmo quando estava sendo dilacerado pelo fogo, descobri que podia emitir imensa luz e calor do meu próprio coração. Que sorte, como fui afortunado.

"Ah", suspirou o pinheiro, "de tudo que cresce, cai e cresce novamente, é só o amor pela vida nova, e apenas ele, que dura para sempre. Agora estou em toda a parte. Está vendo como vou longe?"

Naquela noite, quando a grande estrela cruzava o céu noturno do universo, o pinheiro jazia sobre a terra abençoada, aninhando-se junto às raízes e sementes para aquecê-las com suas próprias cinzas, nutrindo para sempre todas as coisas que crescem; e essas, por sua vez, nutrindo outras, que por sua vez nutririam ainda outras, por todas as gerações futuras. Naquela lindíssima terra, da qual ele vinha e para a qual agora voltava, ele dormiu bem e teve sonhos profundos, cercado ali – como um dia estivera cercado antes no meio da floresta – por aquilo que é muito maior, mais majestoso e muito mais antigo do que jamais se conheceu.

"Está vendo, minha menina? *Nincs oly hitrány eszköz, hogy hasznát në lëhétne vënni.* Não existe nada que não tenha valor. Tudo pode ser usado para alguma coisa. No jardim de Deus, há uma utilidade para tudo e para todos."

Na nossa família, dizemos: "Saia para o campo para chorar porque lá suas lágrimas vão fazer bem tanto a você quanto à terra." Titio e eu ainda ficamos sentados no campo muito tempo, conversando baixinho, trocando histórias e chorando só um pouquinho com as partes tristes e felizes das nossas vidas e das histórias. Finalmente, titio disse: "Declaro que batizamos adequadamente este campo." Ele enxugou os olhos com as costas das suas mãos enormes, pôs o braço em volta de mim e secou minhas lágrimas com as pontas compridas do seu cachecol.

Já era tarde e hora de voltarmos para casa. Titio me pôs de pé, e levamos nossas enxadas aos ombros, ele me ajudando a encontrar o equilíbrio certo para o peso.

"Vamos ver", disse ele enquanto caminhávamos, "o que vai ser do nosso campo. Talvez, pela manhã, já seja uma floresta inteira de novo." Ele riu e se curvou para ajeitar minha enxada, piscando um olho para mim.

Fomos para casa no lusco-fusco, deixando atrás de nós o campo queimado adormecido, por enquanto, no crepúsculo.

Enquanto dormíamos naquela noite, sementes de todos os cantos da terra começaram a viajar na direção do campo aberto com as bênçãos de Deus.

E FOI ASSIM QUE, COM O TEMPO, ESSE CAMPO ABERto por uma queimada – em pousio e à espera – atraiu para si exatamente os estranhos certos, exatamente as sementes certas. No devido tempo, árvores minúsculas começaram a aparecer. Vieram os carvalhos, os pinheiros brancos do Canadá, os bordos vermelhos e prateados e até mesmo salgueiros verdes e vermelhos descobriram meios de chegar à curva mais distante do campo hospitaleiro, onde havia alguma água subterrânea à espera. Para o titio, essas árvores eram como adolescentes, cheios de vida, namorando e dançando de novo. Ele estava fora de si de tanta alegria, e eu também.

Durante um longo período – pois as árvores de madeira de lei crescem lentamente – cresceu ali uma pequena floresta com uma densa cobertura de solo, com muito colmo para fazer fortes de neve e fornecer esconderijos para as crianças nas suas brincadeiras, e com pequenas clareiras sombreadas que se tornavam locais de oração e de repouso para vários viajantes e andarilhos. Essa floresta tornou-se um lar vivo para os papa-figos laranja e pretos, para os cardeais vermelhos, para os gaios azulíssimos. Esses nós chamávamos de "pedras preciosas da floresta de Deus". Ali, também, chegavam borboletas que pousavam com o mais ínfimo dos sons nos capins finos, fazendo com que as longas folhas oscilassem só um pouquinho com seu peso delicado.

Além disso, no início da manhã, por apenas alguns minutos, se se acordasse bem cedo, dava para ver o orvalho detalhando o contorno de todas as formas na floresta até onde se conseguisse enxergar. Como ínfimos fios de luz, o orvalho contornava o espinho, a cerda, a orla dentada de cada capim alto, a ponta de cada folha. Ele se grudava à aspereza de cada pedaço de casca de árvore, ao graveto, ao brinquedo de criança esquecido no bosque. À primeira luz da manhã, o campo, outrora vazio, agora uma floresta, reluzia como um palácio no qual todas as formas absorviam luz e a devolviam multiplicada mil vezes. Titio e eu tínhamos certeza de estar no grande jardim de Deus, o Éden.

Quarenta e cinco anos passaram por nós. Titio viveu muitos anos. Acredito que sua vida longa possa ser atribuída a essa força imutável e cheia de fé que empurra todos os seres humanos para uma nova vida, não importa que fogo os tenha arrasado.

Ao longo dos anos, acompanhando todos os campos palpáveis que ele ajudou a semear, alguns campos vazios voltaram a ser semeados dentro dele. Sua força de vida ganhou impulso e mais uma vez brotou do solo. Ele cresceu através das cinzas e do campo vazio de si mesmo. Nele testemunhei a restauração de uma pequena parte do Éden. Sei que é verdade. Vi com meus próprios olhos.

Quando afinal estava preparado para deixar este mundo, desabou como uma das árvores velhas e altas. E como uma grande árvore caída, mas não arrancada das raízes, permaneceu mais algumas estações, lançando folhas aqui e acolá, durante algum tempo, e com bravura. Uma noite, então, com um vento do tipo certo, as últimas faixas da sua velha madeira se romperam, e ele afinal ficou livre.

Chorei na época e ainda choro, não apenas por uma alma que se foi, mas por duas. Pelo homem tão velho que era meu tio mais querido. E pelo amado e sempre fiel Esse Homem.

AS LIÇÕES DO TITIO, AS LIÇÕES DOS BOSQUES NA terra natal, do campo em pousio, as lições das nossas histórias que foram moldadas pela guerra, pela fome e pela esperança – todas elas mantêm seu brilho e sua vida em espírito e em mim. E, através de mim, nos meus filhos, nos filhos dos meus filhos e, espero também, nos filhos deles.

Sinto que o espírito de Zovár permanece. As muitas histórias dele e de Esse Homem sobre o velho país – e sobre o novo país – perduram em cada campo vazio, em cada um e em qualquer um que assuma o papel do anfitrião, que espere paciente, com fé, que a nova semente chegue e produza abundância, como de fato acontecerá. Tenho certeza de que em cada campo em pousio novas vidas estão esperando para renascer. E o que é mais espantoso, essa nova vida virá, quer queiramos ou não. Podemos arrancá-la a cada vez, mas ela irá se reenraizar e voltará a se fundar. Novas sementes chegarão com o vento e não pararão de chegar, dando muitas oportunidades para mudanças de sentimento, para a volta do sentimento, para a cura do coração e afinal para uma nova opção pela vida. De tudo isso tenho certeza.

O que é que não pode morrer nunca? É aquela força de fé que já nasce dentro de nós, que é maior do que nós, que chama as novas sementes para os lugares áridos, maltratados, abertos, para que possamos nos ressemear. É essa força, na sua insistência, na sua lealdade a nós, no seu amor por nós, nos seus meios, na maioria das vezes, misteriosos, que é maior, muito mais majestosa e muito mais antiga do que qualquer outra jamais conhecida.

Epílogo

ENQUANTO TERMINO ESTE LIVRO, OLHO LÁ FORA para as árvores que plantei há três anos quando comecei a escrever *O jardineiro que tinha fé*. Dei início à plantação e ao livro como orações práticas em homenagem ao titio e aos meus outros caros refugiados, bem como para implorar que as mais fortes intercessões e bênçãos que conheço caiam sobre aqueles milhões de pessoas no mundo, que mais por necessidade que por opção lutam, seguindo por uma estrada desconhecida ou dolorosa.

Para criar essa oração viva, comecei cavando uma larga faixa de turfa e fiz certas abluções no solo, como é nosso costume. Em seguida, ateei fogo ao pequeno lote – um fogo baixo, com aceiros de todos os lados num dia totalmente sem vento.[14] Depois, deixei o solo sem cultivo.

Nos primeiros dois anos, uma quantidade suficiente de lágrimas foi chorada sobre o solo para que se pudesse declará-lo corretamente batizado.

Depois esperei e esperei, velando sobre esse pequeno lote vazio. No meio de nossa cidadezinha de chalés de tijolos, será que alguma semente conseguiria encontrar o caminho desse pequenino campo vazio?

Vizinhos e transeuntes paravam para perguntar por que o quintal estava "revirado". "Por que está tão nu?" Eu não planejava plantar um belo gramado? "Você vai construir uma garagem grande?" Eu defendia minha terra vazia, sem graça.

"Você está cultivando uma *o quê?*"

"Estou cultivando uma floresta na cidade, uma floresta urbana."

As pessoas iam embora, coçando a cabeça.

Um fiscal passou por ali. Disse que ouvira falar que uma pessoa da vizinhança estava plantando uma floresta no quintal.

"Não tem cara de floresta", disse ele.

"Espere", respondi.

"Talvez seja ilegal", disse ele.

"Como você pode ver, a esta altura é apenas uma floresta na imaginação."[15]

"Uuummpf."

No segundo ano, veio o milagre da fé. Árvores minúsculas apareceram no terreno em pousio, tão pequenas que era uma tentação dizer às crianças que elas eram habitadas por elfos. Havia um mínimo rebento de abeto, um delicado bordo de hastes vermelhas e sete louros bebês de uma enorme árvore mãe mais adiante na rua.

Agora, ao final do terceiro ano, há dois bordos com um metro e vinte de altura, quinze louros, dois freixos com quase um metro e meio de altura, três árvores de cachos dourados, cujas, pequenas lanternas infladas floriram duas vezes, e 27 mudinhas de olmo.

De modo igualmente espantoso, parece que a terra se lembra dos seus próprios modelos antigos, pois, abaixo das arvoretas, começaram a crescer pequenas heras espontâneas, samambaias e outras coberturas de solo. O trevo exuberante rompeu a superfície da terra. Pardais e pica-paus, além de outros animais, trouxeram sementes de espécies variadas. Há o começo de uma moita de morangos silvestres e cebolas silvestres. Temos *yerba buena*, menta, *yanica* e outras ervas, todas viçosas, como se a natureza amasse tanto o que é medicinal quanto o que é belo.

Para esse lote de terra que um dia continha tão pouco, também vieram novas borboletas, as damas voadoras de manchas vermelhas e grilos – não os costumeiros grilos urbanos exaustos que fazem "cri-cri", mas os que entoam melodias em quatro vozes que soam como sinos, "cricri-cricricricri...". Há uma velha cerca de madeira que no inverno protege a pequena plantação de árvores dos ventos do norte. As estrelas lá em cima podem agora brilhar sobre mais um pedacinho ínfimo de Éden reconquistado.

Esse milagre da vida nova surgindo do terreno sem cultivo é uma história antiquíssima. Na Grécia antiga, Perséfone, a deusa virgem da terra, foi capturada e mantida por muito tempo no mundo subterrâneo. Durante esse período, sua mãe, a própria terra, sentia tanta falta do seu lindo espírito que se tornou árida, e um inverno permanente, frio e estéril, caiu sobre a terra.

Quando Perséfone foi afinal libertada das agruras do inferno, voltou para a terra com tanta alegria que cada passo do seu pé descalço que tocava o chão estéril fazia com que no mesmo instante uma faixa de verde e flores se espalhasse em todas as direções.

Através dessa pequena floresta urbana, contemplo minha família adotiva de refugiados, os que têm fé, que há muito tempo, pelo destino, se tornaram meus parentes. Como uma criança desarraigada de uma forma veio a se reunir a pessoas desarraigadas de outra forma é um destino que parece, como costumamos dizer, "plano de Deus e da conta de Deus".

Entendo menos do que dei à minha família adotiva e muito mais do que me deram. Amor, ah, sim, sabedoria, ah, sim, e asperezas sistemáticas que desgastaram as arestas brutas de algo promissoramente valioso e digno de ser polido em mim. Eles proporcionaram provas difíceis de muitos tipos e um puro respeito pela sobrevivência – não dos mais fortes –, mas dos mais sábios, dos mais devotados à vida, à terra, aos entes queridos, incluindo-se aqueles difíceis de serem amados e os que precisam de amor mais do que de qualquer outra coisa.

Através da vida que levávamos, aprendi o dom, a lição mais árdua de se aceitar, e a mais poderosa que conheço – ou seja, o *conhecimento*, uma certeza absoluta de que a vida se repete, se renova, não importa quantas vezes seja apunhalada, descarnada, atirada ao chão, ferida, ridicularizada, ignorada, desprezada, desdenhada, torturada ou tornada indefesa.[16]

Com minha gente querida, aprendi tanto sobre o túmulo, sobre encarar os demônios e sobre o renascimento quanto aprendi em toda a minha formação psicanalítica e meus 25 anos de atendimento clínico. Sei que aqueles que sob certos aspectos e por algum tempo estão afastados da crença na própria vida acabam sendo os que perceberão que o Éden está por baixo do campo nu, que as sementes novas vão primeiro para os lugares abertos e vazios – mesmo quando esse local é um coração de luto, uma mente torturada ou um espírito devastado.

Qual é esse processo do espírito e da semente, cheio de fé, que toca o solo nu e o torna rico de novo? Não tenho a resposta completa. Só sei o seguinte: aquilo a que dedicamos nossos dias pode ser o mínimo do que fazemos, se não compreendermos também que algo espera que a gente abra espaço para ele, algo que paira perto de nós, algo que ama, e que espera que o terreno certo seja preparado para que ele possa se revelar.

Estou certa de que, enquanto estivermos aos cuidados dessa força de fé, aquilo que pareceu morto não estará morto, aquilo que pareceu perdido também não estará mais perdido, aquilo que alguns alegaram ser impossível tornou-se nitidamente possível, e a terra que está sem cultivo está apenas descansando – à espera de que a semente venturosa chegue com o vento, com todas as bênçãos de Deus.[17]

E ela chegará.

Uma oração

Recuse-se a cair.
Se não puder se recusar a cair,
recuse-se a ficar no chão.
Se não puder se recusar a ficar no chão,
eleve o coração aos céus
e, como um mendigo faminto,
peça que o encham,
e ele será cheio.
Podem empurrá-lo para baixo.
Podem impedi-lo de se levantar.
Mas ninguém pode impedi-lo
de elevar seu coração
aos céus –
só você.
É no meio da aflição
que tantas coisas ficam claras.
Quem diz que nada de bom
resultou disso
ainda não está escutando.

C. P. ESTÉS

Notas

1. Na terra natal, há certas histórias que, como amigos, "vêm umas com as outras" por diversos motivos racionais e espirituais. Na minha família, o conhecimento dessas combinações e de seus subtextos e estruturas engenhosas é transmitido por décadas de aprendizagem, ou seja, pela atenção com o ouvido exterior e com o interior aos mais velhos, que ouviram dessa mesma forma os mais velhos, que também ouviram criticamente seus mais velhos, e assim por diante.
2. Minhas primeiras histórias surgiram em parte da troca de parábolas intermináveis com minha tia Káti, uma das irmãs mais velhas do meu pai e uma das minhas grandes mentoras. Em especial, ela respeitava o ritual de contar as histórias bíblicas da terra natal em específicos Dias Santificados, Dias dos Nomes dos Santos, Dias Festivos e Dias de Obrigação.
3. Essa história foi extraída de uma história mais longa criada pela autora, "The Creation of Stories", *copyright* © 1970, C. P. Estés.
4. Jogo de palavras com *szivar*, que quer dizer charuto.
5. Quando uma guerra "termina", ela não "termina" simplesmente. A primeira guerra se desenrola durante o período de combates. A segunda, muito mais prolongada, ocorre quando cessam os combates. Essa guerra dura ainda muitos anos, com enorme frequência, gerações a fio.
6. Esses sapatos feitos à mão são chamados de *bocskorok*. As solas finas de couro curtido são franzidas para serem

presas à gáspea tricotada do sapato, "para que se possa sentir o chão no qual se pisa". Que um único *bocskorok* servisse para qualquer um dos dois pés era para mim, quando criança, motivo inesgotável de fascínio.

7. Um hectare tem dez mil metros quadrados. Um côvado, cerca de sessenta centímetros.

8. Muitos na nossa família acreditavam que havia em cada cristão as raízes do primeiro século ou da fé judaica antiga ainda mais remota. Nas raízes da nossa terra natal, temos muitos conceitos hebraicos, por exemplo, o conceito da *mitzvah*, a bênção, e em especial a *mitzvah* da recepção de convidados no nosso espaço de moradia.

9. Na nossa época, entendia-se que furar com pregos a casca de uma árvore frutífera que definhava costumava muitas vezes conferir-lhe nova vida. O simbolismo da madeira viva sendo perfurada pelos pregos não passava despercebido.

10. Uma das formas pelas quais fiz meu aprendizado sobre a natureza medicinal das histórias foi o treinamento em estímulo e resposta, como conduzido pelos mais velhos. Há certos conhecimentos que devem ser compreendidos em histórias específicas. Embora haja quem considere esse método de ensino estranho, ele é uma forma muito sofisticada e complexa de transmitir insights sobre a vida, através de uma exegese do subtexto de histórias específicas.

11. *Nincs a hadban sëmmi Péter bátya*. No exército não há nenhum tio Pedro.

12. Muitos na minha família consideravam perda de tempo dar instrução às meninas. Uma das minhas avós, no entanto, apesar de não saber ler nem escrever, costumava protestar contra isso, alegando que instruir uma mulher era instruir toda a família.

13. Numa história totalmente diferente e muito mais curta, Hans Christian Andersen termina com uma árvore quei-

mando no fogo, e fica por aí. As histórias derivadas do húmus da nossa família têm a peculiaridade de que muitas são mais sinistras e apresentam "fechamentos" singulares de uma maneira na maioria das vezes impossível aos "clássicos" expurgados e embelezados. No meu entender, são nossos encontros com a morte, como testemunhas oculares ou encarando-a nos olhos, e os contatos de primeira mão com os horrores da humanidade que fazem com que as histórias da minha família mantenham seus formatos redentores.

14. Se você nunca fez uma queimada, não tente de modo algum. Ponto final.
15. Com toda a irreverência, talvez devêssemos solicitar ao governo federal um registro de "menor floresta nacional".
16. Das dezenas de parentes refugiados que me criaram, aprendi, das entranhas para fora, sobre a alma e a psique – seus ferimentos, seu luto e sua cura final. Como a única criança viva na família naquela época, aprendi não só sobre os aspectos mais sombrios e de maior capacidade de recuperação na vida, mas também sobre a proximidade constante da morte, em uma profundidade e em formas geralmente reservadas aos mais velhos.
17. Esse vento dos tempos antigos do qual titio falou é chamado de *Ruach*. Ele me explicou que *Ruach* é o vento hebreu da sabedoria, que une os humanos a Deus. *Ruach* é o alento de Deus que se estende até a terra para despertar e voltar a despertar almas.

Fontes

Áudio

Clarissa Pinkola Estés, Ph.D. é a criadora de uma coleção de obras originais em áudio, combinando mitos e histórias com análise de arquétipos e comentários psicanalíticos. Entre os títulos, incluem-se os seguintes:

The Faithful Gardener:
A Wise Tale About That Which Can Never Die
(90 minutos)

Women Who Run with the Wolves:
Myths and Stories on the Instinctual Nature of Women
(180 minutos)

The Creative Fire:
Myths and Stories on the Cycles of Creativity
(180 minutos)

Theatre of the Imagination:
Uma série de doze capítulos de mitos, histórias e comentários transmitida no país inteiro pelas redes National Public Radio e Pacifica.
(18 horas)

Warming the Stone Child:
Myths and Stories About Abandonment
and the Unmothered Child
(90 minutos)

The Radiant Coat
Myths and Stories on the Crossing Between Life and Death
(90 minutos)

In the House of the Riddle Mother:
Archetypal Motifs in Women's Dreams
(180 minutos)

The Red Shoes: On Torment and the Recovery of Soul Life
(80 minutos)

The Gift of Story: A Wise Tale About What Is Enough
(60 minutos)

The Boy Who Married an Eagle:
Myths and Stories on Male Individuation
(90 minutos)

How to Love a Woman:
On Intimacy and the Erotic Life of Women
(180 minutos)

Para informações sobre essas e outras gravações em áudio pela dra. Estés, escreva ou telefone para Sounds True, 735 Walnut St., Dept. FGX, Boulder, CO 80302. Telefone 1-800-333-9185.

Livros

Mulheres que correm com os lobos: mitos e histórias do arquétipo da mulher selvagem.
Rio de Janeiro: Rocco, 1994.

O dom da história: uma fábula sobre o que é suficiente
Rio de Janeiro: Rocco, 1998.

Agradecimentos

Este livro está escrito em "contos de fadas", a língua materna psíquica das famílias da minha infância. Neste idioma, escrevo sobre "um pai", "um velho", "uma criança", "uma árvore", "um campo". Como nos contos de fadas, muitos dos membros da minha família adotiva viveram num tempo e num lugar que agora existe apenas na lembrança: a guerra que foi irracionalmente chamada de "teatro" europeu e também a vida rica porém árdua das matas do norte rural dos Estados Unidos no final da década de 1940 e na década de 1950.

Para escrever sobre essa época, recorri ao amor magiar pelo verso lírico que aprendi quando era criança – o ritmo simples da história que confere unidade às nossas canções, nossos grandes poemas, nossos épicos e recitações dos *gyógyítók*, curandeiros e criadores de orações, da nossa família.

Por esse vocabulário, sou em parte grata aos meus queridos pais adotivos, Joszéf e Márushka, e aos seus dezoito irmãos e irmãs, dos quais tio Zovár era o mais próximo. Todos eles – incluindo seus cônjuges e pais, bem como nossos entes queridos que foram assassinados em guerras de diversos tipos e os que morreram em epidemias – totalizavam 62 almas.

Dez anciãos, que estão agora na faixa dos 80 e dos 90 anos, ainda vivem como que por milagre. Eles e os inúmeros outros que estão agora descansando em espírito são tão vitais para mim quanto sempre foram, e eu os louvo, os admiro e lhes sou grata. São de fato os últimos da sua espécie na superfície da Terra.

Meu agradecimento também a Tom Grady, que entendeu que para as crianças todos os tios são gigantes. A Kip Kotzen por suas numerosas gentilezas para comigo. Recebi enorme ajuda do amor e da paciência de todos os dias de Bogie, T. J., Juan, Lucy, Virginia, Cherie, Charlie e Lois. Todos merecem minha gratidão. Em especial, agradeço a Ned Leavitt, que, pode-se dizer sem exagero, moveu céus e terras.

Impressão e Acabamento
EDITORA JPA LTDA.